〔日〕香山丽华 著

〔日〕益田米莉 绘

林 静 译

心灵 的创可贴

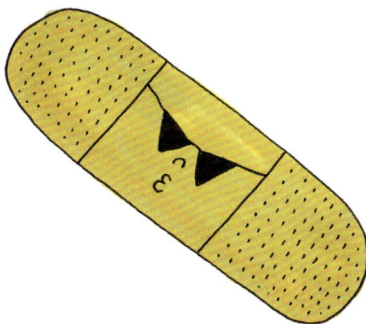

北京科学技术出版社

100 层 童 书 馆

作者 香山丽华

　　1960 年生于日本北海道札幌市。精神科医生。毕业于东京医科大学，现任立教大学现代心理学专业教授。经常在报纸、杂志上发表文章，关注现代人的心理健康问题。代表作有《必须是好孩子吗？》《在 10 岁时需要思考的事情》《有关亲子关系的病》《电子游戏与治疗》《娜娜恋爱胜利学》等。

绘者 益田米莉

　　1969 年生于日本大阪市。插画家。作品有《小四》《小四的明天》《一个女人的 47 个都道府县之旅》《上京十年》《叫作妈妈的女人》《叫作爸爸的男人》《大阪人的心胸》《女子浴室里发生的事情》《我的作家生活》《伟大的职业女性》《最初的一句话》《粉红女士——致所有女性》等。

编委会负责人

野上晓

　　生于 1943 年。评论家、作家。曾担任白百合女子大学儿童文化专业讲师、东京成德大学儿童研究专业讲师。日本儿童文学学会会员、国际文艺家协会日本分会会员。代表作有《和孩子一起玩耍》《日本现代儿童文学》《当代儿童现状》《儿童学的起源》等。

田中正彦

　　生于 1953 年。儿童文学作家。创办了网站"儿童文学书评"。作品《搬家》获椋鸠十儿童文学奖，《对不起》获产经儿童出版文化奖并被拍成电影。其他作品有《年历》《针对成年人的儿童文学讲座》等。

心灵受到伤害的话是很恐怖的。

其实——

不管多么要好的朋友，
要是伤害彼此的心灵，他们就会变得不和。
所以，
不要给他人造成心灵的伤害。

哇！

心灵的伤害……
好可怕！

可是，
心灵是看不见的东西，
心灵的伤害是什么样的呢？

由佳，久等了。

戴粉色蝴蝶结的是智美，长头发的是花梨。

我们总是一起回家。

大家都怎么看待心灵的伤害呢？

好疼！

一边想事情一边走路，我一不小心摔倒了。

膝盖擦破了，
血从伤口渗了出来。
这时，空中落下来一片创可贴。

创可贴自己贴上了!

吧嗒!

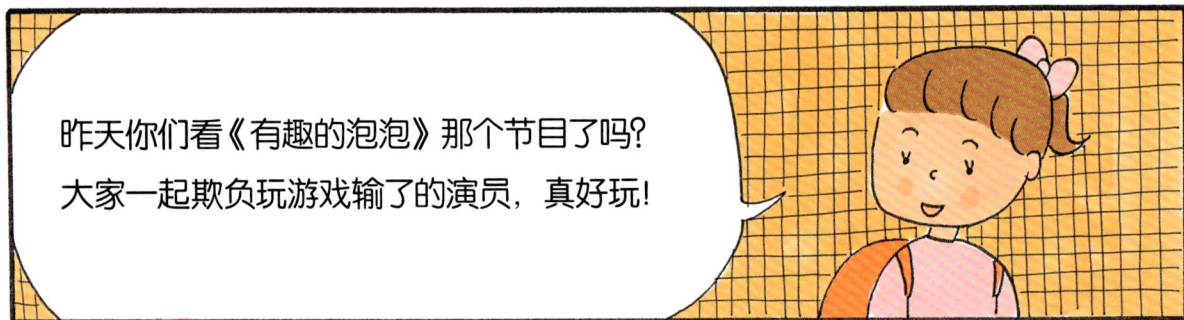

昨天你们看《有趣的泡泡》那个节目了吗?
大家一起欺负玩游戏输了的演员,真好玩!

可不是嘛,
真好玩!

没想到，
花梨却说：
"被人欺负很可怜啊！"

花梨，你装好人！

对不起，
我也觉得
非常好玩。

花梨道歉后，
惊人的事情发生了！

哇!

嘿，花梨没有说实话!

我腿上的创可贴竟然说话了!

由佳，
不要那么惊讶嘛。
只有你能听见我的声音。

由佳，你怎么了？

没什么。

创可贴说话了？

我们和智美总是在这里分开。

创可贴不可能说话。

但是，我还是有点儿纳闷……

我再试一试吧。

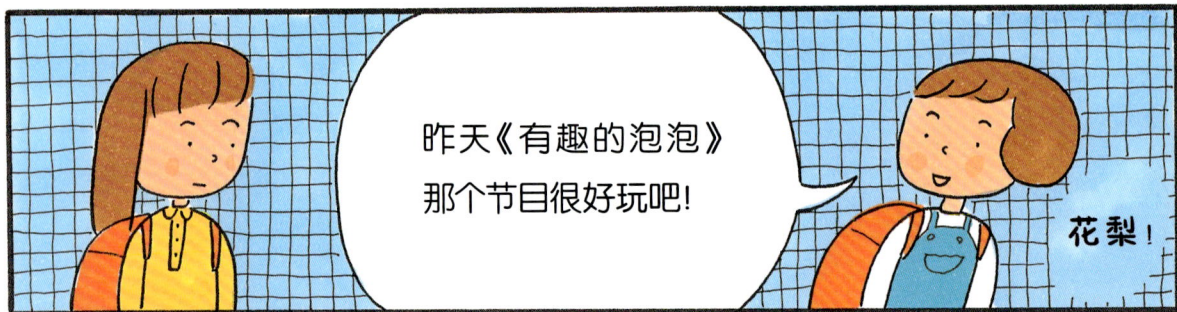

昨天《有趣的泡泡》那个节目很好玩吧!

花梨!

嗯……

哇！

又来了？

喂，
你还不明白吗？

我啊，
是能感受到
心灵伤害的创可贴。
花梨的心灵现在受到了伤害。

心灵的伤害！
是真的吗？
那种伤害可不
得了！

不要那么吃惊嘛。

咦？

你问一问花梨吧。

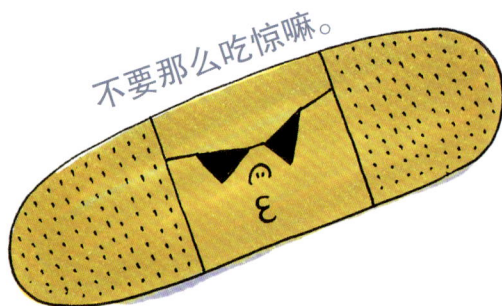

那个……
花梨，你是不是觉得
《有趣的泡泡》那个节目
并不好玩？

花梨有点儿吃惊，
然后对我说：

"我在转学到这里之前，
在原来的学校里被人欺负过。
所以，
看到这些演员被人欺负时，
我就回想起了自己的经历。"

我在装好人吗?
还是在说谎?

没有啊，
你才不是在装好人呢。
换作我的话，
可能也会说同样的话。

真的吗?
说出心里话之后
感觉轻松多了!

再见!

明天见!

我和花梨
像平常一样
说了再见。

好吃惊啊，

原来花梨的心灵真的受到了伤害……

不过，我们并没有像校长说的那样变得不和，太好了。

看来，如果不能说出心里话，心灵就会受到伤害。

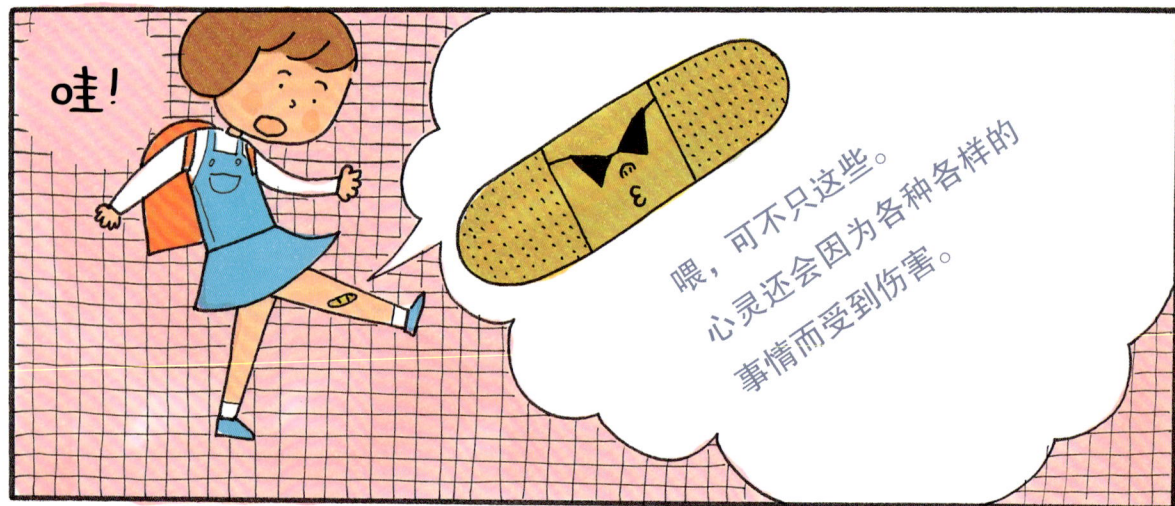

哇!

喂，可不只这些。
心灵还会因为各种各样的
事情而受到伤害。

还有，
心灵上的伤口可不像腿上的伤口，
马上就能被发现。
心灵上的伤口往往很难被注意到。

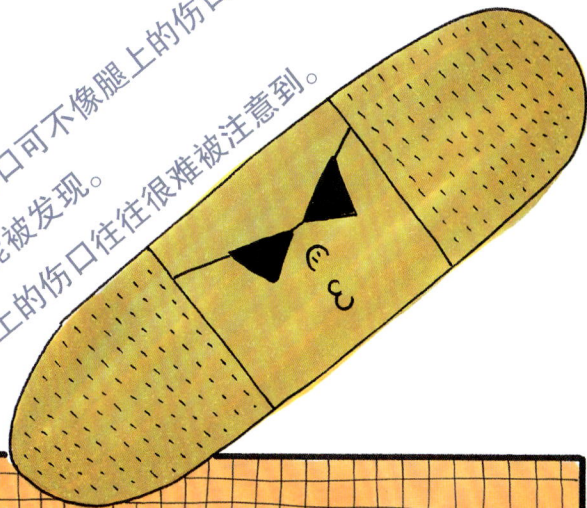

嗯……

那么，怎样才能找到心灵上的伤口并使它愈合呢？

我回来了。

一回到家，我就看到弟弟小诚正在玩电子游戏，发出了很大的声音。

游戏的声音太大了，
我根本不能读书。

你别玩游戏了，和
我一起读书吧。

不要！

太吵了!
你得考虑一下别人!

啊!

哇！

等一下！

小诚并不是因为任性才哭的。

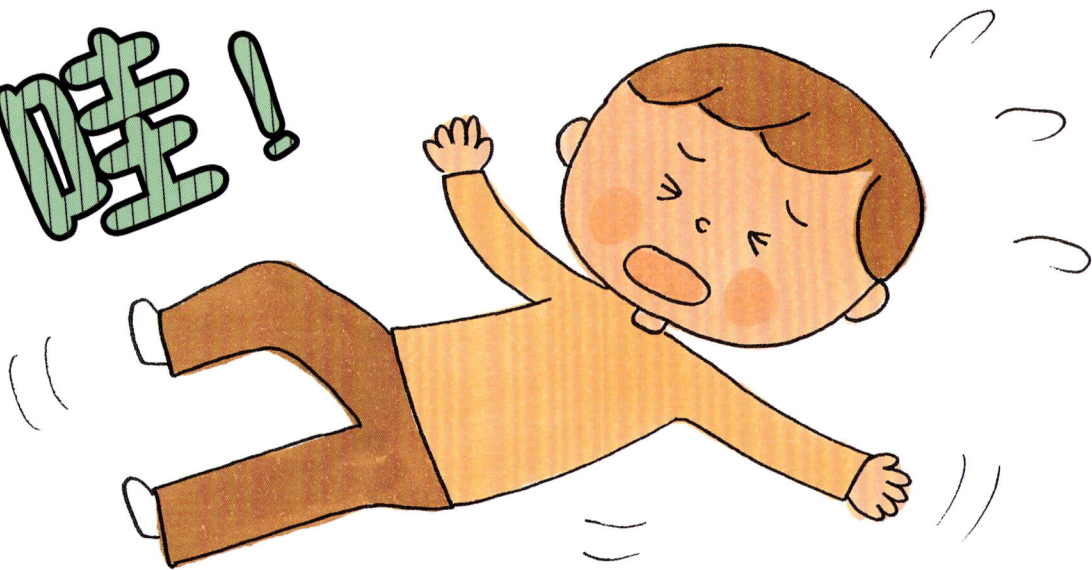

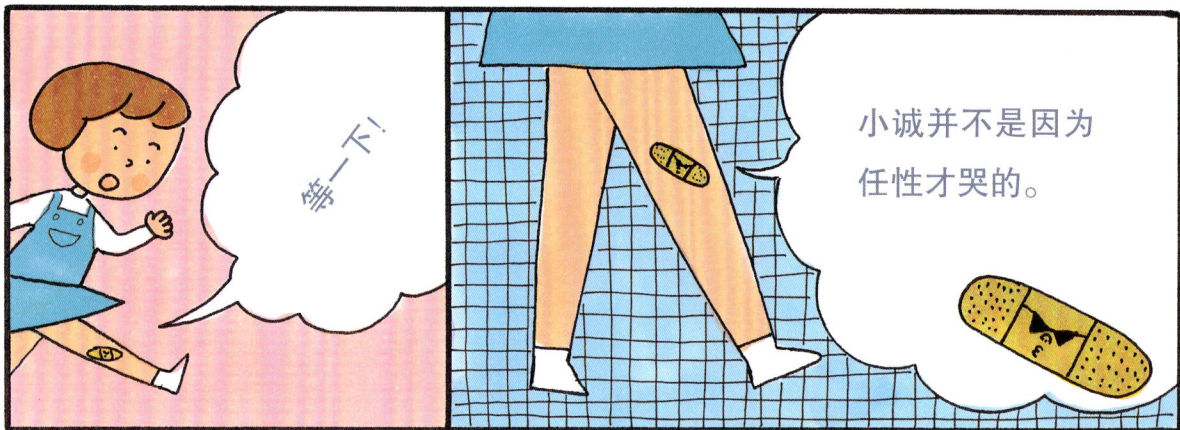

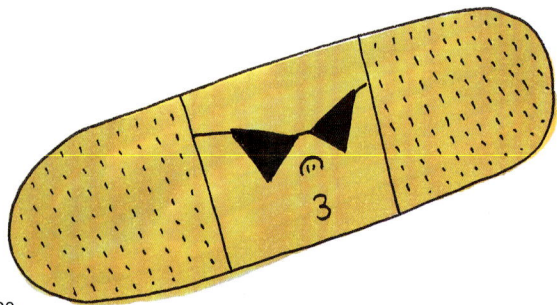

由佳，试着听一听他的心里话吧。

"怎么了小诚?

学校里发生什么事了吗? "

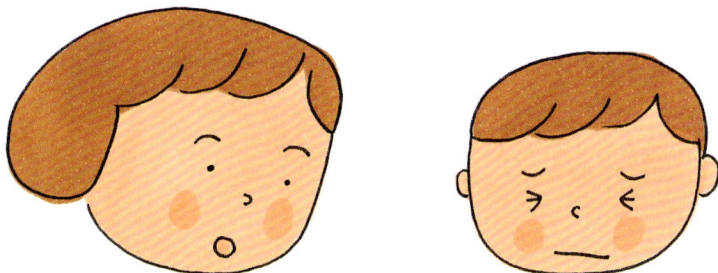

午休时我正在读书,

朋友们却对我说："不让只会读书的家伙加入足球队! "

我再也不要读书了!

原来是这样啊，
小诚的心灵
受到伤害了。

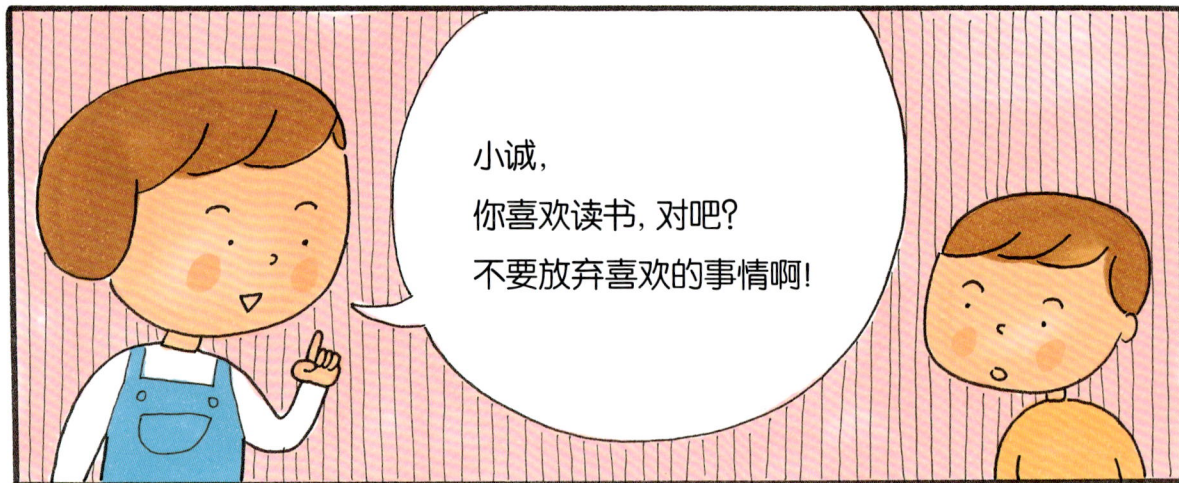

小诚，
你喜欢读书，对吧?
不要放弃喜欢的事情啊!

我告诉小诚：
"如果成为图书管理员，
就能够威风凛凛地进入图书馆啦。"

嗯!

不错呀，
由佳！
做得好！

心灵从外面
是看不到的。

心灵上的伤口，
从外面也是看不到的。

不过，你一定能察觉到它。
你能够感觉到心灵受了伤害，也能感觉到心灵上的伤口愈合。

这样说的话，我的心灵也被伤害过。

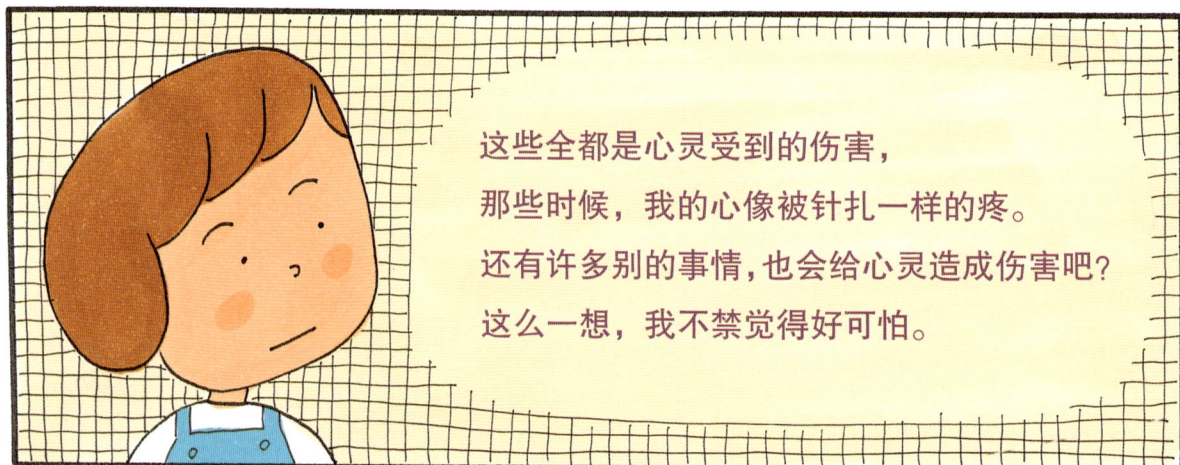

你毕竟是姐姐呀!

被训斥的时候，

我得了 80 分。

迫不得已说了谎以后，

我肚子疼。

骗人的吧。

不被相信的时候……

这些全都是心灵受到的伤害，
那些时候，我的心像被针扎一样的疼。
还有许多别的事情，也会给心灵造成伤害吧?
这么一想，我不禁觉得好可怕。

心灵受伤的时候，

你如果和别人聊一聊，会感觉轻松一点儿。

但你也有无法向别人诉说的事情，

遇到这种情况，在和大家相处的过程中，

你的心灵也可以慢慢被治愈。

早上好!

早上好!

智美，你怎么看上去没精打采的?

"花梨，对不起，
昨天我不该说你装好人。
我昨天被妈妈训斥了，心情不好，
所以才说了过分的话。"

原来是这样！

智美的心灵也受到了伤害啊！

原来是因为这件事呀！
没关系，智美！

吧嗒！

?

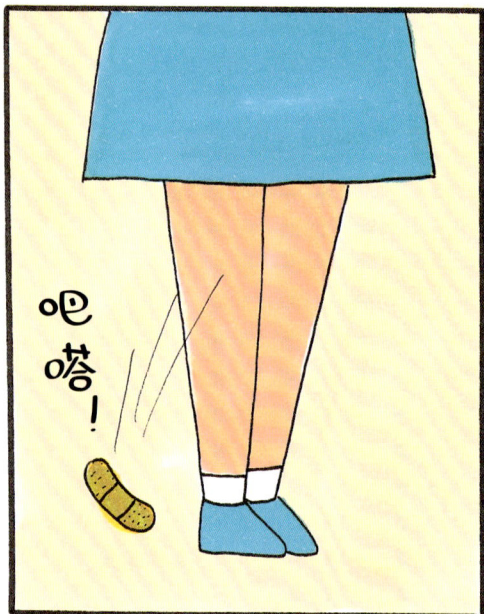

创可贴不说话了，
腿上的伤口也好了。

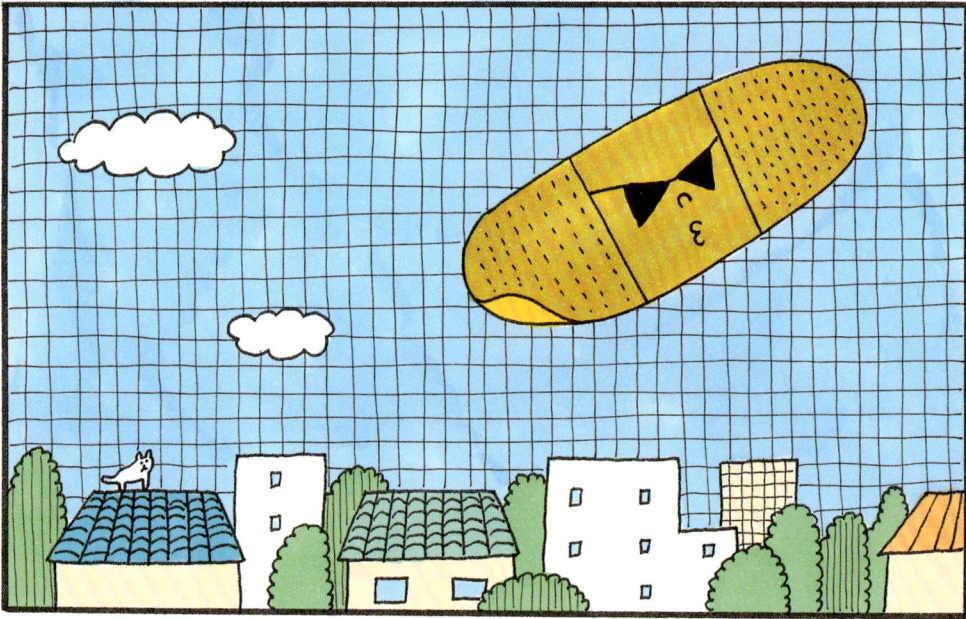

这是我第一次和特别喜欢的插画大师益田老师一起创作绘本。

这不是"可爱的绘本",也不是"搞笑的绘本",而是"思考的绘本"。

我是精神科医生,经常被称作"心灵的医生"。所以,我把绘本的主题定为"关于心灵的思考"。

从此,我就开始了艰辛的创作之路。因为是创作绘本,所以要把心灵画出来。然而到现在为止,没有人拍到过心灵的照片,也没有人画出过心灵的肖像。所谓心灵,是看不见也摸不着的东西。

怎样才能画出心灵呢?怎样才能表现出心灵上的伤口呢?我和益田老师、编辑一起反复商量了很多次,觉得这也不是,那也不是。

后来,一个有点儿调皮的创可贴的角色诞生了。在心灵受伤的时候,不知道从哪里传来"你没事吧?加油啊!"的声音。就这样,受伤的人开始正视自己的心灵,不知不觉中,伤口愈合了,创可贴也不知道去了哪里。

心灵上的伤口正是这样愈合的。看着益田老师的插画,我的脑海里浮现出各种各样的人的面庞,他们心灵受伤后来到我的诊室,之后恢复了健康,回到学校或职场。那些心灵被治愈的人一定是遇到了自己的创可贴。也许,作为精神科医生的我,对那些人来说,也起到了创可贴的作用。

你在心灵受伤时,也一定会遇到你的创可贴。

也许某一天,你也会成为治愈朋友心灵上的伤口的创可贴。

那样的话,你心中的创可贴也会高兴地说:"做得好!"

Kangaeru Ehon 1. Kokoro

Text copyright ©2009 by Rika Kayama

Illustrations copyright © 2009 by Miri Masuda

First published in Japan in 2009 by Otsuki Shoten Co., Ltd., Tokyo

Simplified Chinese translation rights arranged with Otsuki Shoten Co., Ltd. through Japan Foreign-Rights Centre/Bardon-Chinese Creative Agency Limited

Simplified Chinese translation copyright © 2024 by Beijing Science and Technology Publishing Co., Ltd.

著作权合同登记号　图字：01-2021-4788

图书在版编目（CIP）数据

心灵的创可贴 / (日) 香山丽华著；(日) 益田米莉绘；林静译. — 北京：北京科学技术出版社，2024.3

ISBN 978-7-5714-3263-8

Ⅰ.①心… Ⅱ.①香…②益…③林… Ⅲ.①儿童故事 – 图画故事 – 日本 – 现代 Ⅳ.①I313.85

中国国家版本馆CIP数据核字（2023）第190912号

策划编辑：荀　颖	电　话：0086-10-66135495（总编室）
责任编辑：张　芳	0086-10-66113227（发行部）
封面设计：沈学成	网　址：www.bkydw.cn
图文制作：百色书香	印　刷：北京博海升彩色印刷有限公司
责任印制：李　茗	开　本：787 mm×1092 mm　1/20
出 版 人：曾庆宇	字　数：25千字
出版发行：北京科学技术出版社	印　张：2
社　　址：北京西直门南大街16号	版　次：2024年3月第1版
邮政编码：100035	印　次：2024年3月第1次印刷
ISBN 978-7-5714-3263-8	

定　价：45.00元